KB176417

푸른사상 시선 168

소리들

푸른사상 시선 168

소리들

인쇄 · 2022년 12월 23일 | 발행 · 2022년 12월 30일

지은이 · 정 온
펴낸이 · 한봉숙
펴낸곳 · 푸른사상사

주간 · 맹문재 | 편집 · 지순이, 김수란, 노현정 | 마케팅 · 한정규
등록 · 1999년 7월 8일 제2-2876호
주소 · 경기도 파주시 회동길 337-16(서패동 470-6) 푸른사상사
대표전화 · 031) 955-9111(2) | 팩시밀리 · 031) 955-9114
이메일 · prun21c@hanmail.net
홈페이지 · http://www.prun21c.com

ISBN 979-11-308-2004-0   03810
값 10,000원

부산광역시 BUSAN METROPOLITAN CITY   B.여하시드 부산문화재단 BUSAN CULTURAL FOUNDATION

본 도서는 2022년 부산광역시, 부산문화재단 〈부산문화예술지원사업〉으
로 지원을 받았습니다.

푸른사상
시선
168

소리들

정 온 시집

푸른사상
PRUNSASANG

나를 스치거나 관통한 모든 문장과 소리들에게 이 책을
바친다.

2022년 12월
정 온

| 차례 |

■ 시인의 말

제1부

제2부

| 차례 |

제3부

제4부

제1부

잠귀

가만히 눈을 감고 있으면
귀 익은 얼굴로 찾아와 서로 묻는 안부들

오소소 소름 돋듯
층층이 앉은 소리를 밟고 소리를 뚫고

흰 이빨을 화단에 심던 아이가 무럭무럭 자라 아이를
낳고 아이는 앙 울고 까르르 웃고

하얀 헝겊처럼 웃으셨다
죽은 아버지의 소리 없는 웃음은 떨어져 잠 밖까지 구
르고

여윈잠 깬 새벽
시공을 건넌 소리의 낯을 불러 눈을 붙여주고 퍼들한
귀를 달아준다

가는귀

한나절 내내 구름을 키우시는 당신, 축축한 감정을 키우는 나는 발랄한 구름의 말을 읽네

생각을 넓게 펴면 구름 몇 개는 뭉뚱그려 쌀 수도 있구나

눈에 든 어둠을 어떤 이는 구멍이라고 하고 다른 이는 겨울이라고 했네

귀 어두운 사람과 귀 밝은 사람 중에 누가 연할까

마침맞게 도는 식욕처럼 비가 오고 겨울은 조금 멀리 있고 나는 겨울비를 좋아하지

칼칼한 김치칼국수를 훌훌 불며 먹는, 목덜미에 도르르 땀이 흐르고 연신 닦으며 바지런히 넘기는 소리

창밖 빗소리를 맛본다

보고 싶은 것만 보고 듣고 싶은 것만 듣는 게 이리 좋은가

천천히 흔들리며 가는 지구와 저편의 달과 떠도는 바람
의 그렁그렁한 말

나는 내 먹먹한 구멍 속으로 걸어 들어가 길을 잃었다

소리들

애기동백 꽃송이째 떨어지고, 그에 휘둥그레진 동박새 쓰윗 쯔윗 날아간다 가지에 걸린 울음은 쯔윗 쓰윗 동박새를 쫓지 못해 안달이어서 소리는 꼬리를 떨며 오래도록 귓바퀴를 돈다

두꺼운 표지 빛바랜 표지 습기를 먹어 우둘우둘한 표지 내용이 궁금하고 귓속이 아릿하고 심장이 뛰는 그 표지를 넘기면
십 년이 단번에 가고 그렇게 열 번쯤 또 지나서
광학렌즈를 눈에 댄 이가 달그락거리는 정강이뼈를 들고 나를 부른다

생활의 반대편은 늘 어둠이 고이는 정원
죽어가는 노루의 충혈된 눈처럼 할미꽃이 게슴츠레 피고 홍가시나무 아래 꽃댕강이 지는 봄, 쇠부엉이가 뜬금없이 울어

죽은 할머니죽은고모죽은아버지죽은엄마죽은동생죽은

봉선이 언니 봄밤에 비명을 지르더니 꽃상여가 조용히 동
네를 한 바퀴 돌았다 몽글몽글 피기 시작한 하얀 아카시
아꽃에서 이상한 분 냄새가 났다

하늘 한편 흰 달이 켜진다
바스락바스락 자신의 뼈를 끌어안고 누운 마른 홑청 같
은 이름들
하나씩 들추어 불러본다

고장 난 피아노

지난겨울에 얼어 죽은 부겐빌레아를 치우다가 피가 났
다 가지는 힘없이 부러졌지만 날카로운 가시가 나를 꽉
물고서 내가 부겐빌레아요 여름이면 진분홍 꽃을 창문 가
득 달아주었잖소 나요 나 부겐빌레아

봄을 건너자 가시를 닮은 흉터가 남았다
아프게 하던 것들은 나를 떠나서도 아프다

계단은 나팔 나팔은 달팽이 달팽이는 피아노 피아노는
건반 건반은 계단 계단은, 계단은 다시 나팔

나직나직 말하지 못하는 사람은 그렇게 말하는 것을 모
르거나 성정이 그런 것일 수도 있겠지만, 큰소릴 내는 식
구들 아래서 여린 청각세포가 상했던 건 아닐까, 아직도
회복되지 못한 어리고 순한 귀를 우물 속에 두고 있는 건
아닐까

걸어가기도 기어가기도 어지러운 나선형 계단에 선 귀들

힘주어 밟으면 족적이 남는다며 힘주어 말하는 귀들

동굴이 있고 피아노가 있고 잎사귀 아래 딱딱한 껍질을
지고 가는 달팽이

뼈와 근육을 버리고 어둠 속에서 흐물흐물 몸을 키우는
심해어처럼 하지 못한 말이 있어

사 실 은 듣 고 싶 은 말 이 있 어

이명

바람이 유리창을 열어 잠든 내게
히스클리프 히스클리프
서늘한 입술로 뱉어낸 이름, 귀에 흘려 넣었다

휘몰아치는 폭풍 속으로 온몸이 빨려 든다 헐렁한 잠옷
이 찢어져 휘날린다 손가락은 긴 나뭇가지가 되지 발톱
아래서 허연 뿌리들 빠르게 기어 나오지 간신히 몸을 가
누어 음울한 노래를 부른다
히이스클리프, 히이이스클리프

나무와 나무가 부딪히고 달이 찢어지고 새들이 음산하
게 웃는 밤
거친 숨소리를 닫아줘 히스클리프
귓속에서 죽어가는 쥐들 모두 데려가 줘 히이이스클리프

핏물 다 빠진 심장처럼 굳어가는 허공, 검은 입술 떨며
무엇을 말한 듯이, 더 말할 듯이
가쁜 숨을 뱉네

손톱을 먹고 자라는 꽃에 대한 이야기

달걀 껍질을 까주더군요 유리창을 닦고 있는 내 손에
보얗게 윤이 나는 달걀을 말이죠 아빠의 장지로 가는 길
에 목이 메었어요 ─ 아버지처럼 생각해 ─ 그때 열네 살
이었고 공소시효가 10년이란 걸 안 지도 오래된 일입니다
만 사월 복사꽃이 만발해지면 두드러기 일듯 가려워집니
다 달걀을 받아 든 손가락이, 넘기던 목구멍이, 잔기침을
해대며 박박 긁어도 가려움은 비 맞은 목련처럼 뭉텅뭉텅
떨어집니다 ─ 아버지처럼 생각해 ─ 오늘도 손톱을 바짝
깎았습니다 자르면 새로운 꼬리가 돋아나는 도마뱀처럼
기억의 모가지를 싹둑 자르고 다른 기억을 심을 수는 없
는가 봐요 돌이켜보니 아버지처럼 생각하라는 말은 결코
아버지가 아니라는 거였어요

오동잎 한 잎 두 잎

말을 건네듯 적의 없는 나의 빈 손바닥을 밤에게 보여
주었다

잠을 설치고, 퀴퀴하게 치미는 어둠 달라붙는 어둠을
환한 전등 빛으로 쓸어내려도 어둠의 거스러미가 자꾸 일
어난다

침대 아래 검은 가지 하나 쑤욱 삐져나와 커다란 나무
가 되고 늘어져 흔들거리는 가지마다 검은 귀들 수없이
매달려

말해봐 무섭다고 말해봐

다시 불을 켜면, 파드득 놀란 어둠은 침대 밑으로 숨어
들고 난 바닥에 떨어진 검은 귀 몇 잎을 주워 노트 사이에
끼워놓는다

설핏 잠들었는데 툭툭 창을 두드리는 빗방울들

문 좀 열어주세요

창문을 조금 열어 소나기를 듣는다 떠돌이에게 곁을 내어주는 개처럼 방은 벽오동 이파리만 한 품을 내어주며 돌아눕고

어디서 귀뚜리가 운다

눈을 감고 귀뚤귀뚤 따라간다 이 벽 너머 어두운 들판을 지나면 노란 단풍잎만 한 별이 떠 있고 나처럼 홀로 누운 이가 잠을 뒤척이므로 바닥에 떨어진 빛들이 조금 마르고 조금 오그라드는 소리에

귀뚜리 울어 그 울음에 잠이 든다

환절기에 듣는 동화

바람이 캄캄한 창문에 매달립니다 거칠게 창을 두드립니다

무서운이야기를해줄게 무우서운이야기를해줄게에 무무우서우운이이야기히

듣고 있던 잎사귀들 양 볼을 잡고 우우우 새끼 늑대처럼 웁니다

귀가 가려운 어른들은 돌아눕고 귀가 얇은 아이들 이불을 뒤집어씁니다

새날하나사주세요 새날하나만사주세요

제 속도에 맞춰 바람의 말을 틀어놓은 밤, 이야기가 시들해져 하품을 합니다

세상의 모든 창들 무서움 참으며 오줌 참으며 달달 눈

물을 떨굴 때쯤

종착역 새날역 종종 착착 새날새날 착착

저만치 새날입니다

창고의 문

아무도 죽지 않았으면 할 때
늘 누군가는 죽었다

평온함을 유지하기 위하여
어둠 속에서 가만히 이빨을 숨기고 있는
예리한 날들
새로 산 내의처럼 달라붙는 생각이 가려워 가려워서
제 몸을 핥다가 물다가 붉은 상처를 낸다

누군가 죽어주었으면 할 때
아무도 죽지 않았다

어떻게 이럴 수가 있어

눈을 찌르는 불면은 칼날이 되고 톱날이 되어
제 입에 제 뼈를 물리고
악다물어!
덜덜 떨면서 버티면 서서히 평화가 새벽하늘에 기어오

르고

문을 닫으면 나도 사람이 된다

오블리비아테

또 놈의 목에 칼을 꽂지 빗장뼈가 우두둑 부러지는 소리 들지

아무렇지도 않은 듯 고개를 돌리며 긴 숨을 뱉었어 아무렇지 않은 눈빛, 그 눈을 감싸고 있는 살갗, 그걸 들추어보는 데 삼십오 년이라니

무릎 사이로 고개를 박고 웅크린 것들이, 숨죽인 것들이, 서서히 몸을 비틀며 기지개를 켜며 일어서는데 그림자라도 일렁 하면 공벌레처럼 잽싸게 몸을 말아 새똥마냥 나동그라져, 밟혀도 차여도 꼼짝하지 않았어 아무것도 아닌 척, 죽은 듯이, 숨도 안 쉬고 있었어 꾸덕하게 가라앉은 네 기억으로 기어들어 가, 아직도 새어 나오는 우리의 슬픔을 헤집어, 내 기어이 칼을 꺼내왔다

선들, 바람이 불고 햇빛이 지나가고 저녁이 오고 또 밤이 오듯 너에게도 흰머리가 왔구나 흰 머리카락 한 가닥 어깨 위로 떨어져 목으로 미끄러지듯 꿈속으로 미끄러지

는 칼을 잡았어 빗장뼈가 우둑우둑 부러져도 놈은 숨을 쉴 것이고 자랄 것이고 우리의 기억을 난도질할 터인데, 너는 뭐가 좋아 웃니

　그냥 웃고 말까

중첩

짙푸른 수목들 사이로 빠져나가는 붉은 노을을 바라보며

어두워지면 아버지가 떠오른다고 말하는 네게
나는 숨을 천천히 들이마시며 아버지를 이해한다고 말
한다

너는 지금 우울하다고 한다
그새 밖이 잘 안 보인다고 나는 말한다

이목구비를 떠난 표정은 눈동자 속에 일렁이고
그 표정을 한 모금 천천히 마시는데 시원하게 비가 쏟
아진다

장대비가 쏟아지는 유리창 밖 숲을 바라보며
너는 수목장을 생각한다고 한다
나는 우후죽순을 생각하다 이제 괜찮다고 하였다

나는 산소 앞에 심은 철쭉이 피었는지 궁금하다며 너를

보았고

　너는 철쭉을 뽑고 가시 많은 아카시아를 심는 게 좋겠
다며 나를 본다

　네가 왼손으로 커피를 마실 때 나는 오른손으로 마시며
　내가 오른쪽을 선호하므로 너는 왼쪽을 선호하는구나

　창에 갇힌 너와 비에 갇힌 내가 포개어져
　흔적을 나누는 동안 계속 비는 쏟아지고

　나는 비가 오면 아버지가 생각난다고 털어놓는다
　눈 밑이 붉어진 너는 아직도 아버지가 밉다며 고개를
돌린다

　사위는 어둠이라는 천에 덮이어
　있지만 없는 것과 같고 없지만 있게 되는 것을
　이제 알 것 같다

슬픈 사과

당신의 단호함이 내겐 비수이듯이 당신의 배려가 나의
잘못을 낳았음을

시간은 늘 당신과 나 사이에 어긋나게 달리고 그래서
또 달릴 수밖에 없는 나는

당신의 피로를 불러 미안한 내 볼이 붉어집니다

습윤을 다한 말들이 귓등에서 말라가며 작은 바람에도
바스락댑니다 소란한 말들 슬그머니 밀어내봅니다 그래
도 남은 잎사귀는 눈 밑 그늘을 만들고

깊어진 그늘은 웅덩이가 되고 웅덩이는 썩고 썩은 웅덩
이엔 죽은 피가 모여

빨갛게 익기 위해 달리고 달리면 결실 하나 보겠지 온
몸이 붉다 못해 까매지도록 달려왔는데 꼭지가 잘려지는

순간

  그 쓸모없음을, 당신의 가위가 예리하게 말해줍니다

  이 공의로운 세계, 이해하지 못한 것 진정 사과합니다

애기동백 꽃송이째 떨어지고, 그에 휘둥그레진 동박새 쓰윗 쓰윗 동박새들 쫓지 못해 안달이어서 쓰

결린 울음은 쓰잇 쓰잇

제2부

1 단번에 가고 그렇게 열 번쯤 또 지나서 광취레즈랑 눈에 맨 이가 난 그러서 리는 정강이뼈를 들고 나를 부른다 생활의 반대편

가이는 정원 죽어가는 노루의 충혈된 눈처럼 한기꽃이 계슴즈레 괴고 홍가시나무 아래 꽃방상이 지는 봄, 쇠부엉이가 뜨금없이 울어

이 냄새의 기원

오래전 잊었던 냄새가 났다 그 이름을 말하는 동안,

두 가닥 가는 잎을 촉수처럼 늘어뜨린 게 천기초라네
한 잎은 이생에 한 잎은 저승에 두고 있다네 두 이파리는
좌우로 상하로 늘 움직이는데 두 이파리 사이 단번에 코
를 박아야 냄새를 맡을 수가 있네 허나 이 또한 쉽지 않아
어찌 됐든 이파리들을 유심히 따르다 보면 코끝에 그 잎
이 닿게 되는 때가 온다네 그 순간 오감을 접고 후각의 몸
통을 확 들여야 하는 거라 씁쓰레한 향이 급속히 퍼지고
온몸에 실금이 실실 가면서 살갗과 창자가 찌리리하는데
들숨 크게 한 번, 날숨 한 번에 뒤꿈치를 타고 오른 흙냄
새가 정수리에서 툭, 터진다네 그때라야 등골을 버석 물
어뜯는 그러니까 골수 안에서아 맡을 수 있는 냄새, 죽음
이라네

당신의 코사지, 우리는

오늘도 우리의 생장온도에 맞춰
해가 떴습니다
건기경보 3월인데요
아이들이 깔깔 웃습니다
풀썩이는 먼지를 차며 입을 함박 벌리고 말입니다
괜찮습니다
곧 생육습도에 적당한 적정량의 비가 올 테니까요

우리의 생육환경을 위해
부지런히 일하시는 당신
당신의 손목시계가 벌써부터 이를 갈고 있군요
중천에서 우릴 내려다보며 말입니다

― 너희는 무엇을 먹을까 무엇을 입을까 염려하지 말라

귀담아두었습니다
꽃들이 색색의 풍선을 터트리고 새들이 자지러지는 봄

이니까요

또 밤입니다

당신 손목시계의 밥을 주기 위해

나는 이리저리 몸을 돌려 눕혀보아요

꿈은 여전히 16도와 20도 사이에 있는데

간절히 내 향기를 터트리고 싶은데

괜찮습니다 괜찮아요

오늘도 우리의 생장속도를 맞추기 위해

배고픈 그늘을 주시는 당신

목마른 태양도 얹어주십니다

아무래도, 괜찮습니다

싹이 파랗다

그 작고 여린 두 잎에서 어떤 징조를 읽어내다니 대단
하시다

만데빌라 가느다란 덩굴손에 싹이 돋았네
꽃이 될까
아니면 잎이 될까

식구들은 입을 조그맣게 벌려야 했다 금붕어처럼 맹물
을 마셔야 했다
점점 뿌리가 썩어간다는 말을 들었다 더 자라지 못할
거라는 슬픔이
머리끝에서 자라났다

그러니까 그 대단한 지혜와 슬기가
어린 나를 읽었고 이후 쳐다보지 않은 것이다

기어이 결연히 이 악물어 시들어가는 줄도 나는 몰라
―아니야 잎이 아니라고!

푸른 이파리들 자꾸 발밑으로 떨어뜨렸다

슬픔이 멍처럼 퍼지려 할 때 싹수가 노란 노래를 부른다

가지 끝에 각혈 같은 꽃 한 송이

될성부른 나무의 떡잎은 다르다는 그 말
오래도록 씹어본다

울어라 우크라이나

노서아 대여섯이 이쪽을 돌아본다
흐느적흐느적 몸을 흔들며 일어선다
초점 없는 눈, 흔들리는 동공 속으로
폭탄이 떨어진다
사이키 조명처럼 현란하게 퍼지는 빛들
노서아는 더 강렬하게 흔들고 회반죽처럼 무거운 어둠
을 들었다 놓는다
터지고 깨지고 부서지는 소리들
노서아는 더더욱 강렬하게 흔들며 회반죽보다 무거운
어둠을 들었다 던진다
환호성을 지르며 격렬한 헤드뱅잉 하는 노서아
너나없이 흔든다
여기저기 헉, 헉 헐떡이고 억, 억 소리를 지르며 흔든다
더 박력 있게 흔들다 더 세게 부딪힌다
머리가 깨지고 눈알이 터지고 조각 난 이빨을 뱉으며
흔든다
땀과 핏물에 젖어 온통 젖어 미끄러지고
걸려 엎어지고 뒤로 자빠진다

죽은 사람은 죽은 채, 산 사람은 산 채로 헤드뱅잉을!

멜로디도 비트도 없는 섬광에

머리카락 다 빠진 해골들 머릴 흔든다

돌리고 돌리는 머리, 목에서 뽑힐 때까지

제발 그만!

각다귀전

1

사람의 형상을 지극히 여긴 각다귀 둘, 육고기를 삼십 년 끊으면 사람이 된다는 믿음을 가졌네 햇빛을 보면 눈 동자가 타들어가는 치명을 안고 인적 없는 지리산 깊은 골짜기에 숨어들었네 해가 지길 기다려 감자와 옥수수 고 구마를 심고 일구며 새벽 새소리에 잠이 들기를 어언 이 십구 년, 일 년만 버티면 완연한 사람의 외양을 이룰 것이 라 하루하루 기운이 났네 점차 그토록 원하던 살가운 사 람의 형상으로 변하고 있는 서로를 바라보며 경탄하였네 허나, 마지막 겨울은 혹독했네 허벅지까지 쌓인 눈은 한 달째 녹지 않았고 풀이란 풀은 죄다 얼어 썩어버렸네 몇 주먹 안 남은 말린 곡식으로 허기를 누르며 눈덩이를 녹 이고 그 물로 빈속을 채웠네 그런데 이게 웬일인가,

2

한 아낙이 찾아왔네 길을 잃었다네 어린 아들의 기침이 한 달 가까이 멎질 않아 약초를 구하려 산중에 든 것인데 그만 해가 떨어지고 말았다네 빈집을 발견한 아낙이 몸을

녹이려 아궁이에 불을 지폈네 모락모락 오르는 연기와 함께 늦은 밤 허둥지둥 산길을 헤맨 아낙의 살냄새가 유난히 예민한 그들의 후각에 닿았네 오래된 습성이 꿈틀거렸네 그것을 이겨보려는 그들의 믿음이 그들의 몸속에서 이리저리 날뛰기 시작했고 둘은 참아보려 무척 애를 썼네 급기야 눈동자가 뒤집어지고 입이 돌아가기 시작했네 허나 지금까지 참으며 보낸 시간을 어쩔 텐가 어쩌자는 것인가 서로를 다잡으며 밤이 깊었네 어둠이 짙어질수록 심해지는 허기를 참기 위해 누가 먼저랄 것도 없이 서로를 탐하기 시작했네 달이 뜨자 서로 잡아먹을 듯 달려들어 사지를 핥고 할퀴며 베어나는 자신의 피를 빨면서 골짜기가 울리도록 교성을 질렀네 그렇게 밤은 지나갔지만 날이 지날수록 몰골은 말이 아니었네 군데군데 든 퍼런 멍과 선연한 이빨 자국은 허기가 수그러들면 서로를 외면하게 하였네

3

아낙은 온 지 나흘째, 날이 풀리고 눈이 조금씩 녹자 큰

솥에 물을 데웠네 내일 아침이면 떠날 요량으로 해 질 녘 목욕을 하네 두 각다귀는 또다시 허기를 참으려 교미를 시작했네 아낙의 물을 끼얹는 소리가 커질수록 죽음이 없는 두 각다귀는 마치 죽음을 얻으려는 듯 교미를 하네 아낙이 마당에 목욕물을 버릴 때야 혼곤한 교미에서 빠져나온 각다귀들, 어둠은 이미 낡은 오두막을 손바닥 위에 올려놓고 큼큼 들여다보고 있네 큰 각다귀가 지쳤는지 잠들자 작은 각다귀는 헛간에서 나왔네 마당 가득한 살냄새, 온 산 가득한 살냄새, 훅 파고 들어왔네 대번에 눈이 뒤집어지고 입이 돌아간 각다귀 손에 날 선 도끼가 들렸네 결국 아낙은 목숨을 잃었네

4

큰 각다귀가 눈을 뜨니 작은 각다귀가 저녁을 내어왔네 푸짐한 고기 찬이었네 둘은 한마디 말도 하지 않고 허겁지겁 배를 채웠네 오랜만에 웃음이 나왔네 서로를 쳐다보며 실실 웃다가 커다란 냄비의 바닥을 닥닥 긁으며 박장대소하였네 참말로 오래된 이야기네만 그해 봄, 다리 하

나 없는 사내와 팔 하나 없는 사팔뜨기 처자가 산을 내려
갔다는 말이 있었네 후에 각기 짝을 만나 자손을 많이 낳
았다고 하더이

군계일학

사 남매라네 첫째는 계군일학이고 둘째는 계군고학 셋째는 학립고학 넷째, 그러니까 막내가 군계일학이었다네 평범한 근동 사람들 속에서 이들의 모습은 늘 의젓하고 늠름하여 마치 닭의 무리 속에 있는 학들과 같았다고 하네 입에서 입으로 전해지는 칭찬이 그 아비에게도 전해졌거늘 그 아비는 단 한 번도 그런 말을 자식들에게 해주지 않았다고 하네

—여식이었네 태어날 때 새벽닭이 울어 계명이라 불렀지 아이는 꾀가 많고 영특해서 어른들의 시선을 독차지하였네 집안에 웃음꽃이 끊이지 않았지 또한 오라비들과 다르게 조신하여 저지레를 하지 않았으며 시문에도 능했네 처와 깊은 고민을 했네 계명이란 이름은 아이의 탁월함을 담기엔 부족했으니까 마침 지나가던 노스님이 있어 아이의 이름을 걱정하니 합장하며 종이와 붓을 부탁하더니 해가 지는 무렵에 말없이 쓴 종이를 놓고 사라졌네 '군계일학', 허나 사내아이들과 같은 돌림자를 쓴다는 것은 매우 어려운 일이네 문중에서 알면 소리 소문 없이 삭발을 당

할 판이었지

　계명의 오라버니들이 하나둘 상투를 틀고 집을 떠나 일
가를 이루었지 모두 무탈하고 만사성이었네 그리그리 집
에 홀로 남은 계명의 혼기가 다가오자 매파가 찾아왔네
상대는 김 판서의 셋째 아들이라 그 밤, 계명은 집을 떠났
네 아무도 몰랐다고 하네만 한동안 문중이고 근동에서 수
군거렸다지 그러나 곧 사그라들었네 비가 오면 풀 이파리
에 묻은 진흙이 쉬이 씻겨지듯 흐르는 소문은 새로운 소
문들로 금방 지워지는 게지

　어이쿠, 생각지도 못한 호랑말코족이 쳐들어왔다네 환
란이 시작되었지 이 나라의 처자는 열두 살만 넘었다 하
면 그들에게 공물로 바쳐지거나 훔쳐 갔다네 호랑말코족
은 타고난 호색종으로 상식을 넘었다네 비구니건 수절녀
건 가리지 않았고 혈기 또한 무척 왕성하여 백두의 호랑
이를 때려잡는다 하고 지리산 곰의 쓸개를 산 채로 **빼먹**
는다 했지 성정이 순한 이들은 말만 듣고도 오줌을 지리

며 벌벌 떨었다 하더이

이 극악하고 무례하기 짝이 없는 호랑말코족은 점입가
경으로 치달았네 큰 고을마다 한자리씩 꿰차고 앉아 나랏
일에 감 놔라 배 놔라 하기 시작했네 그러나 아무도 나서
는 이가 없었지 조정의 대신들은 너 나 할 것 없이 그들의
눈치 보기에 바빴고 평민은 갑절로 늘어난 군량미를 조달
하기 위해 등골이 휘며 심지어 굶어 죽는 이들이 생겨났
다네 보다 못한 선비들이 용기를 내어 칼을 들고 일어섰
지 지방에서 나름의 이름을 쌓고 있던 선비들이었네 계명
의 오라비들도 불끈하여 일어섰지 여태껏 붓만 잡던 손에
칼과 활을 들고 뛰어들었네 피바람이 불었지 안타깝게도
모두 그 호랑말코들 손에 목이 꺾이고 말았다네

한날 요상한 바람이 불어왔네 비가 부슬부슬 내리는 밤
에 누가 담벼락 그늘에서 휘파람을 불듯 유월인데도 뒷목
이 서늘했네 그 바람은 장터에서부터 불어왔네 분기장터
오거리에 호랑말코 장수 잘린 머리가 셋, 탱천장터 삼거

리에도 호랑말코 넷이 걸렸네 다음 날도 그다음 날도 호 랑말코들의 잘린 머리가 피 칠갑을 하고 장터마당에 걸렸 지 소문이 돌았네 뱀사골 일학무사라, 검을 쓰는 모양새 가 마치 학이 춤을 추는 듯 가볍고 큰 날개를 펼쳐 나르듯 고요하다 했지 격분한 호랑말코족 방방곡곡 방을 붙였네

　－일학무사는 모월 모시 남문장터에 나와서 우리의 칼 을 받으라 만일 나타나지 않으면 이 나라 장수 삼백의 목 을 치겠다－

　금계 한 마리가 한 다리로 섰다가 금방이라도 날 듯하 다 앞으로 나아가며 칼을 들어 순식간에 적의 머리를 위 에서 아래로 내려치고는 뒤로 돌아 오른발을 굴러 다른 적의 목을 찌르고 다시 번개처럼 다른 두 명의 적을 각각 정면에서 내려치고는 외뿔소가 머리를 숙이고 받는 듯한 자세로 멈추는 것이다

　가히 군계일학이었다네 남문장터 멀리 숨어 구경하던

이들 중에는 간혹 박수 치는 이도 있었다 하더만 여하튼 호랑말코족의 우두머리가 일학무사의 단칼에 나가떨어지고 학의 춤사위와 같은 그의 검법에 적들의 모가지가 추풍낙엽처럼 떨어졌네 팔다리만 잃은 한두 놈은 숨이 끊어질 듯 말 듯 겨우 말 등에 업혀 저들의 땅으로 돌아가고 일학을 따라 같이 싸운 민군들은 장터 국밥집에 모여 승리의 기쁨을 한껏 나누었다네 거나해진 이들은 관군이 도착하기 전 지리산으로 모악산으로 흔들흔들 흩어져 돌아갔네 그 이후로 일학무사를 본 사람은 아무도 없었다고 알고 있네 하지만 그날 멀찍이서 지켜보던 사람들의 눈에서 다시 입으로 귀로 그렇게 군계일학은 회자되며 여태껏 살아 있다 하더이다

검은 비닐봉지의 추억

옆구리 터진, 늘 한쪽으로 쏠린, 실직이란 병을 얻은 아빠 소파에 눌러앉자 머리통 굵어진 오빠 억지로 책상에 앉은 집 금세 엎어져 자는 집 엄마가 또 식탁을 잡고 있는 집 아니 식탐인 집 저마다 악력을 키워가는 집 제 목을 움켜쥔 바람이 이 벽 저 벽 머리 찧으며 비명을 지르는 집

아빠가 문을 쾅, 닫고 나가시네 꽈당, 들어오시네 그 바람에 쿵, 머릴 책상에 찧는 오빠 그 바람에 생쥐처럼 꼬리를 끌며 이 방 저 방 돌아다니던 나, 늘 그 바람이 궁금하네 궁금해 너무 궁금해 머릴 쥐어뜯으니 새집이네 어라, 둥지에 알을 품던 생각들 밤마다 깨어나 어린 꿈의 모가지를 물어 죽이는데,

날자 날아가자 날아서 동사무소 의자라도 잡은 오빠들, 아버지가 된 지 오래고 비행할 수밖에 없었던 우리도 어머니가 되고 말았다 창밖은 여전히 잔잔하지만 늦골에서는 아직도 모가지 세운 바람이 검은 비닐봉지의 목을 쥐고 있다 가끔 놓는다

신각다귀전

듣기는 들었네

절름발이 사내와 사팔뜨기 아낙이 섬으로 섬으로만 다닌다는 소문이 있었지

사내는 초라한 행색과 달리 구수한 화술을 가지고 있어 누구라도 말을 섞으면

그의 집사가 되었다 하고

수수한 얼굴에 분도 안 바른 아낙은 좀 묘한 데가 있었다 하네

사팔뜨기 눈으로 지나가는 사내를 한번 치어다보면

그 사내가 맹해져서는 아낙을 몸종처럼 따른다는 것이네

그런데 말이여 이상키도 한 것은 따르던 사람들이 이 섬에서 저 섬으로 갈 때마다 사라진다는 거여 흔적도 없이 말이여

거, 파출소 순경 읍내 경찰서 경찰관들이 샅샅이 뒤졌는데

그네들이 살던 집 모자에서 나온 머리카락 몇 올이 전부라더만

일설에는 낱낱이 토막을 쳐 바다에 던졌다 하고 또 일

설에는 갈아 마셨다 하데

　하이고 소름아

　여하간 전라도 신안 어디에서 두 내외가 애를 낳았더라네

　아이가 학교 갈 나이가 된 것이 발단이었지

　그래 읍에서 취학 조사를 나왔는데 말이여

　아이가 없었던 거라 그 연유를 캐다 캐다 꼬리를 잡았다고 그라더만

　여차여차 저차저차 두 내외를 비금도 어디에서 잡아들였다 하더라고

　그런데 구치소에서 주는 콩밥과 시래깃국을 사나흘 먹더니

　별일도 없이 시름시름 앓더라데 한 보름 지나니 아예 일어나지도 않더라구만

　한날 간수가 문을 열고 들어가 보니

　글쎄 꼬리만 있더라는 거여

　세상에, 여태 감추고 다닌 거추장스럽던 꼬리만 자르고

　연기처럼 어디로 사라진 게지

　그러니 자네도 조심, 조심하게나

골몰과 골똘

뜻밖의 문장을 받아 적었는데

어떤 존재들, 색과 무게를 떠난 그들이 가시권 바깥에 빙 둘러서서 머리를 맞대고 이런저런 생각을 나누던 중이었는데, 그중 발을 헛디딘 문장 하나가 애써 다가온 내 생각 안으로 미끄러졌던 것, 그걸 용케 백지 위로 끄집어내었던 것

불현듯 목소리를 실었네 음계의 구석에 고인, 떠나온 세계를 염려하여 읊조리는 기도 소리, 그중 흥에 취한 가락 하나, 눈물을 흘리며 소리 높여 노래 부르는 것을 내 속에서 가늘게 떨리고 있던 울대가 깊숙이 손을 집어넣어 그 가락을 잡아채어 데려온 것이라

골똘의 아비는 골독, 골독의 아이를 가진 키 작은 아내는 두상이 큰 골똘을 낳지 못해 고생하다 이틀 만에 해산을 하고는 죽고 말았네 그 후 골독은 재취를 하지 않고 몇 년을 젖동냥으로 어린 골똘을 키우다 그도 끝내 세상을 버리고

말았지 그리하여 배가 고픈 골똘은 오갈 데 없이 거리를 떠돌며 노래를 하며 구걸을 하였던 것인데, 배운 게 쌍욕밖에 없어 아무도 불쌍히 여기지 않았다고 하네 그런 골똘의 새까만 귀를 잡아채어 데려온 이가 골몰이라네

그리하여

어린아이가 정신없이 놀고 있는 뒤통수같이 돌올한 게 골똘이라 하고, 한 가지라도 붙잡고 푹 빠져야 세상 살 만하다 하는데 그러다 보니 늘 여유가 없는 것이 골몰이라네

전설

이 새는 무지하게 크다네
일생 한 번 볼까 말까 하다네
날개를 쫘악 펼치면 세상은 은쟁반만 해지고 만리장성
이나 구만리장천은 그야말로 조족지혈, 날갯짓 한 번에
세상은 빛과 그림자로 나뉜다고 하지

심안이 밝아야만 볼 수 있다는 이 새, 날개 한 번 퍼덕
일 때면
무수한 깃털들 서로 스쳐 만 가지 피리 소리를 낸다더군
다만 들을 수 있는 자가 있었는지 모르겠네

커다란 날개 아래 구름을 두고 제 영역을 한 바퀴 빙 돌
아보는 새
잠이 오면 눈알을 빼서 머리맡에 두고 잔다지
우묵한 눈구멍에 발가락을 집어넣고 이리저리 헤집다
가 걸린
나뭇가지 머리카락 돌멩이 수수빗자루 가면올빼미의
울음 허수아비 귀신 씻나락

크나큰 어둠을 주물러 자신의 이야기를 짓는다네
우리가 자는 동안 귓속으로 흘려보낸다네

이 새가 찬 이슬에 눈알을 헹궈 다시 끼는 것을 우리는
새벽이라 부르네

아르페지오*

　여기서는 아를패지오 아, 아, 아를 고흐의 아를 여인들, 늙은 여인들이요 그리고 침대가 있는 방, 의자가 있는 방이요 그럼 앉으실래요? 앉으면 눕고 싶은 거잖소 가만히 손만 잡고 자는 건 어떻소 상당히 복고적이군요 침대엔 베개가 둘, 붉은 침대보에 베개가 둘, 그래요 여인들이 더 늙기 전에 심은 새까만 씨는 당신의 뒤통수를 닮았고 눈동자를 닮았고 손버릇을 닮았어요 *백삼십사 년 된 귀의 가치를 아시오* 바이올린이 웃는 소리, 알콜솜을 지그시 물고 웃는 소리, 앓던 이가 빠지니 시원하잖소 눈물을 쏟아내도 시원하고, 욕을 퍼부어도 시원하고, 마지막 남은 전세금을 털어가도 시원한 아들, 다섯 시간 기차를 타고 온 엄마가 잘린 귀를 손수건에 싸서 전해주듯 내밀었어요 내민 보따리엔 검은 미역귀가 삐져나와 있었어요 아들 낳았다고 이십일 일 미역국만 먹었는데, 아아 내 아들 앓던 이가 바로 내 아들 시원시원 아이스께끼를 먹던 아들, 아이스께끼를 하던 그 아들이 아이스크림에 우는 아를, 그 아를 패지오 던파를 한다고 패지오 쓰리고 맞고 아를패지오 써든어택 썩어자빠질어택 부러진 빨래대 부러진 아를

패지오 아를 패 ─ 직 ─ 이 ─ 오

* 펼침화음(화음을 이루는 각 음들을 한꺼번에 소리 내지 않고 아래
에서 위로, 위에서 아래로, 또는 오르내리는 꼴로 내도록 한 화음).

콩 심은 데 콩 나고 팥 심은 데 팥 난다

　무서운 말 식칼을 들고 쫓아오는 말, 피가 뚝뚝 흐르는
악착같은 말, 콩가루 집안이라고? 고소하기는커녕 가소
롭고 가증스러운 말, 아버지 연장을 쥐면 나도 쥐게 되고
아버지 그 연장으로 사람 죽이면 내 손에도 피가 묻는다
네 꽃을 심으려 했어요 어찌나 예쁘던지 화단에 심어놓고
오며 가며 보려 했는데 삽질을 못 했네 그만 꽃모가지 끊
어버렸네 의도를 지근지근 밟고 가는 행위에 심장이 팥알
처럼 오그려 붙었어요 냉동고 속 찹쌀 새알처럼 희고 매
끄러운 내 의도는 검붉은 행위 속에 빠져 굳어버렸어요
손대기가 겁나는 나는 어디로, 어디에 숨어야 하나요 내
아이는 내 손자는 그 손자에 손자는 꽃을 심을까요 꽃 목
을 끊을까요 세상의 모든 삽으로 말입니다

내가 죽어 누워 있을 때*

이것은 완전범죄, 꽃이, 지지 않는 꽃이 몇 날 며칠 붉은 입술, 개구리가, 동면을 취하지 않는 개구리가 매일매일 왁자지껄, 지구는 더 쌩쌩 돌다가 그렇게 돌다가 멈출 거다 혀 빼물고 엎어질 거다 살인자나 살인 누명을 쓴 자, 용서하지 못한 자나 용서받은 자, 동기나 흔적도 없이 사라지게 하는 색다른 방식

산다는 건 스물네 토막 나를 적출하는 것 시시각각 출력되는 명세서와 영수증이 그 증거, 열정과 욕망보다 포르말린이나 붕산 또는 나프탈렌이 적합하다 살아 있는 것처럼 생동감 있어야 전문가, 어제와 똑같이 전시되어 받는 얼마의 보상으로 내일이라는 맹목을 세우고 여전히 죽기를 거부하는 그러니까 오늘,

착실하고 충실하고 성실하여서 더, 더 무서운 오늘

* 윌리엄 포크너의 소설 제목 차용

에기동백 꽃송이째 별어지고, 그에 휘둥그레진 동박새 쓸쓸

걸린 울음은 쯔잇 쯔잇 동박새를 쫓지 못해 안달이어서

제3부

정강이뼈를 듣고 나뭇 부근다 생활의 반대

사부엉이가 뜨금없이 울어

단만에 가고 그렇게 열 밤은 또 지나서 광하레즈급 눈에 맨 이가 나그라 사리는

이는 정원 죽어가는 노루의 충혈된 눈처럼 함미꽃이 계슴조네 피고 홍가시나무 아래 꽃맹상이 지는 밤

또 다른 관점으로

호수에 다리를 담그고 앉았다 푸른 수면에 동동 둥둥 떠다니는 앙증맞은 오리들 종일 지켜보기로 했다 집 나온 길고양이가 들고양이로 변하는 것 미친개로 변하는 것을 본다 어린 오리가 뭍에 다가오길 기다리는 고양이, 수풀 속에서 오므렸다 폈다 하는 눈동자를 본다 고양이가 새끼 오리를 채가고 어미 오리가 꽥꽥 푸드덕 쫓아가는 것을 본다 다리를 동동 구르며 본다 발치의 물푸레나무를 흔들어본다 손가락 낭창낭창 흔들리게 세게 밀어본다 조금 더 기민해진 어미 오리가 남은 새끼들을 몰아 반대편 산 밑으로 숨어들고 호수에 어른대는 몇 안 남은 햇살들을 어둠이 아가리에 슬그머니 밀어 넣는 것을 본다 아마 내일도 그들이 올 것이다 −이 평상이 좋겠네− 그들이 내 목덜미에 손을 올리거나 말거나 나는 호수에 다리를 담그고 앉아 온종일 오리들을 지켜볼 것이다 사람들이 내 등을 뭉개고 앉아 친환경 오리백숙을 시키고 뽀얀 오리 다리를 껄껄 뜯어먹는 것을 똑바로 지켜볼 것이다

전망 좋은 곳

이것은 폭력이다
내가 관여해도 괜찮겠습니까, 마땅히 물어보아야 한다
등 뒤에 서 있는 당신의 판단을

비가 쏟아진다 어쩌나 우산이 없는데, 그럼에도 불구하
고 이 자리에 있어야 하나 정말 전망 좋은 카페에 앉아서
전망 좋게 내리는 비 감상은 좋지 아니한가 맨몸으로 들
이치는 빗발을 수용하고 당신의 안목을 전적으로 수용해
야 한다고

표지판은 가리킨다 표지판은 복종을 종용한다 표지판
은 순박한 감정의 발목을 잡아서

한 무리의 순한 염소 떼처럼 차에서 내린 사람들 종종
걸음 표지판 앞으로 모여든다 당신이 세워놓은 기준에 자
신들의 시야를 매어놓고 모두 절벽 앞을 내다본다 다른
데 보지 마세요, 위험하니까

미안하지만 '그 전망' 정중히 사양하겠다

종이 인형

납작납작 시간을 받아먹느라 한 번도 뒤돌아보지 않았
네 뒤를 보지 못하는 슬픔을 몰랐네 앞만 보느라 웃고 사
느라 막다른 골목을 몰랐네 갑자기 비가 쏟아지는 저녁이
올 줄이야 우산도 없이 거리를 헤맬 줄이야 아스팔트에
떨어진 유두 같은 벚꽃 자꾸 밟힐 줄이야 살갗에 찰싹 붙
은 블라우스는 벗기도 힘들어 누가 단추라도 풀어줬으면
누가 젖은 등을 닦아줬으면 누가 옷을 갈아입혀줬으면 누
가 배후가 없는 내 이름을 불러줬으면, 누가, 누가, 이봐
요, 내 손을 오려줘요 이것 봐요 내게 새 반지를 끼워줘요
나만 바라보며 나만 가꿔준다면 언제라도 웃고 말 테니까

갑자기

떨어져내린다 햇발들이 보도 위 벤치 위 푸릇한 이파리
위로 봄이라고 봄 아니냐고
　하얀 운동화 신고 보얀 발목 드러내고
　뛰어보자 폴짝. 포올짝
　참 성실하다

　창마다 마스크들 다섯이 모이면 안 되는 마스크들 띄엄
띄엄 눈만 뜬 마스크들 우중충 실내에서 우중우중 앉은
그들 중 하나가 내 마스크

　번개라도 치뿌라마

　축축하고 컴컴하고 깊고 깊은 동굴 속에서 얼굴바위 구
르는 소리가 점점 커진다 파이프오르간을 치는 바흐와 황
병기가 당기는 가야금과 홍신자의 낮은 웃음소리가

　늴리리야 늴리리야 니나노오

짜르르 울리는 동굴을 불쑥 손바닥만 한 부직포로 가
리고

소행성

ㅅ행성과 ㅂ행성이 거리를 두고 돌고 있다 간혹 마주 보기도 하지만 확실한 거리 두기 2단계 돌입이다 갑자기 기류가 급변하면 ㅂ행성의 귀에 ㅅ행성의 숲에서 우는 까마귀 소리가 들리기도 하고 ㅂ행성의 이빨 가는 소리가 사백사십사 배 확대되어 ㅅ행성의 머릿속을 떼굴 떽떼구르르 굴러다닌다

샀다 속았다 서럽다 서운하다 이러한 종결어미를 주로 사용하는 ㅅ행성은 바꿔라 버리라 봤나 이런 명령어를 많이 쓰는 ㅂ행성을 사랑한다 뒷모습을 사랑한다

스칼렛 오하라를 아주 좋아하는 ㅅ행성은 어느 날 바람과 함께 ㅂ행성이 사라질지도 모른다고 생각한다 ㅂ행성이 집을 나설 때마다 뒷모습이 안 보일 때까지 바라본다

브리지트 바르도를 매우 사랑하는 ㅂ행성은 ㅅ행성의 육감적인 몸매가 과감하게 돌변할 것 같아 늘 불안하다 ㅅ행성의 독립적이고 주체적인 식습관에 대해 조금씩 조

언을 하던 것이 첨언을 하게 되고 간섭으로 행로를 바꾸게 되는 시점이 도래하였는데 ㅅ행성은 ㅂ행성의 뒷모습을, ㅂ행성은 ㅅ행성의 까마귀를 증오하게 되는 거리 두기 3단계로 진입이었다

이들이 큰 행성으로 성장하지 못한 것은, 그 원인을 상대방에게서 집요하게 찾는 묘한 학구적 스타일 때문이었다 이야기 좀 해, 로 시작한 토론은 몇 날을 가도 끝나지 않았다 기력을 거의 소진한 ㅂ행성이 방전을 우려하여 오늘은 혼자 있고 싶네, 방문을 닫으려는 순간 대개는 충돌이 일어났다 처음은 작은 세간살이부터였다

오늘도 방과 방을 사이에 두고 자전하며 공전하는 두 소행성 사이로 플라스틱 컵이나 전화기 따위의 잔여물이 같이 돌고 있다 여하튼 멀어진 거리만큼 생각이 길어졌는데, ㅅ행성은 새로 창궐하는 바이러스 때문이라는 생각을 하였고 ㅂ행성은 어쩔 수 없는 갱년기 때문이라 이해하게 되었다

이상한 나라에 온

키우지 뭐든
앵무새금화조앙고라공작개구리병아리오골계장미봄이
고여름이고장미,
빠알간 장미 옆에 하얀 몰티즈

여인네들은 일한다 끊임없이 일한다 악착같이 일한다
빨간 동화를 사기 위해 늘 바쁘고 늘 말을 끊고
잠도 안 자지

금요일이네 저녁이네
갖은양념으로 맛을 낸 음식에 장미 꽃잎 갈아 넣고 식
탁을 차리지
어때?
불타는 저녁이구먼
세상을 돌아 식탁에 온 그가 머리의 물기를 털며 만족
한 웃음을 짓는데

온다 드디어 온다 먹으며 눈짓 발짓

개처럼닭처럼토끼처럼앵무새처럼햄스터처럼열대어처
럼 오물거리다 씹으며 짖으며 꼬리를 친다

휴일 아침이 오른쪽 창 앞에 느지막이 배달되고
새로 산 개에게 아침을 준다 새 옷으로 갈아입힌다 야
외로 산책을 나간다
어때 좋지? 자 달려 달려봐, 맘껏 달리라구

48시간 빨간 동화가 끝나고

키우지 뭐든
집을 키우고 정원을 키우고 장미를 키우고 그 옆에 하
얀 몰티즈, 착하지

풋잠을 말아 피우고 금성엘 간다

주머니에 라이터가 있었네 에구구 옷을 홀랑 태우고 은
하수로 갈까 하와이가 괜찮을까 생각에 생각을 하다 보니
아고아고 고속도로 한복판, 멀리서 굉음을 내며 마구 달
려오고 있는 덤프트럭

벌써 열한 번째.

아픈 동생은 꽃밭에 심어주고 나는 순무 뿌리 아래 잠
들려 했는데 어느 틈에 죽음은 습관이네
  환한 생각은 주머니 속에 있고 꺼내려고 뒤척일 때마다
나를 덮치는 이 무시무시함

에구에구, 된 용을 써서 무서운 꿈 말풍선 안에 집어넣
으니, 탄산이 목구멍에서 정수리로 튀듯 답답한 속이 뻥
뚫려 이제는 달려오는 덤프트럭도 컨테이너도 메가 울트
라 스카이콩콩

오래된 기억은 발효가 되더라고, 가끔 썩어 없어지기도

하지만 속이 텅 비었을 때 꺼내 먹는 묵은 기억은 부푼 빵

반죽처럼 부드러워, 자는 동안 470도 금성 오븐에 잘만

구우면 일주일은 느긋하니 배가 부르더라고

이상한 나라에 온

미루나무 꼭대기에 요크셔테리어가 깡깡 짖는 아침

따끈한 찻잔을 입술에 대고 기울이는데
하필 멈추었다

무슨 말을 하려다 만 네 눈에서 조르르 눈물이 흐르려
는데
또 멈추었다

꿀렁, 멈춤이 풀리자마자 까르르 깔깔

여기서 우둘우둘 우둘둘 구르는 시간이 요철에 박힌 어
둠에 닿으면
자주 꾸는 꿈은 길이를 풀었다 죄었다 그러다 불시에

'얼음'
늙지도 죽지도 시들지도 않는 '얼음'

매일 아침, 이슬 먹은 새들 색색으로 피어나는 정원이

있고, 아름다운 새를 들고 연인을 기다리는 청년, 사뿐히 나타난 그녀 앞에 새파란 청년은 더 파랗고 붉은 극락조를 내밀고, 극락조가 불러주는 세레나데, 오 내 사랑~ 아아아~ 한껏 입을 벌린 새의 떨리는 목젖이 보이는데 '얼음'

느리게 더 느리게
꾸미고 유지하고 보수하며 안단테 아다지오 디 몰토

여기에 밤이 오면 모든 불을 끄고 모두 지붕 위에 눕는다
별빛을 당겨 덮고 달과 우주와 미지의 긴 이야기를 나누다 토닥토닥 '얼음'

깔깔깔 웃는 아침이 오고

철이 들다

망자가 그토록 싫어하던 검은 상복을 모두 입은 장례식장에서 누가 크게 울었다

임종을 지키지 못한 자식의 마음, 검은 상자 안에 손을 넣고 찾듯 그것을 가늠해본다

죽은 생선들 위에 얹어놓은 비닐봉지에는 단단한 얼음이 자신의 약속을 지키지 못하여 눈물을 흘리고 금방 흐물거리고 시장판이 질척거리고 지나가는 손들 미간을 찌푸리고 싱싱한 생선은, 싱싱했던 생선은 팔리지 못해 떨이, 만 원 떨이에 손이 크담하고 마디가 툭 불거진 아주머니 한 줌 남은 얼음까지 얹어주어 상하지 않은 저녁이 되었다

한 줌의 반짝이는 차가움

상하지 않은 울음은 배꼽에서 온다 온 복근이 매달려 배꼽을 열고 울컥울컥 투명하고 동글동글한 결정들을 먹

먹히 허공에 쏟아붓는다 허공을 구르던 울음은 모두의 머리 위에 얹어지고 이마가 서늘해지고 속이 찬찬해져 그 마지막에 대해 아는 것이 있는가 다들 조용조용 짚어본다

난간

바람이 분다
바람 속에는 무릇 벌레가 산다
돛을 세운 바람 타고 멀리 날아가 번식하기에 바쁜 일생

끝이라고 섰는데
계단이네
오래 접어둔 아코디언을 펼치듯
먼지 풀썩이는 계단을 밟고 서서 이것이 끝이라고 믿은 것
북받치는 자신을 눌러 한 음절 다시 한 음절 오르면
울음은 바람을 타고 가 잠든 벌레를 깨우고
창을 연 벌레가 난간 붙잡고 밤새도록 같이 운다

떠나려는 자의 명치끝에 내려앉아 날개를 부비는 풀벌
레들

그러쥐었던 손목들이 매달려
댕강댕강 울고 있는 다리의 난간
강바닥에 떨어진 세상 끝을 주우러 누군가

힘을 놓았을 것이고

딸깍, 문이 열리면 한꺼번에 쏟아져 나오는 빛에 눈이
멀어

아아아,

끝에 다다라야 얻는 환한 깨달음이라니

어차피 어둠이라니

시들시들

삼 년 만에야 피었다 새빨간 동백
아무 일도 일어나지 않았다

무더위에 다 말라붙거나 물러지거나 병든 8월이 가고
성성한 것들 모가지 잘라 묶으면 한 권의 책은커녕
공동묘지에 버려질 조화 한 묶음

이것도 시라고
이것이 시라고

세계는 핵무기를 쏘니 마니 아프리카엔 매일 수백 명이
굶어 죽네 마네
히잡을 제대로 쓰지 않았다고 도덕경찰은 젊은 처녀를
죽이고 분노한 시민들 시위에 나서서 수백 명이 더 죽었
다

잎이 될지 꽃이 될지 모를
동백은 이미 졌고

끝에 붙은 집착만 무더위에도 손톱만큼씩 자란다

허리를 굽히고 눈의 초점을 모아 이파리를 세고 손톱만
한 봉오리를 점치는데

빨강이 될까

11월의 밤

　먼 북극의 찬바람이 달려와 휑하니 숨골을 후비고 지나
가면 이상해지는 것이다 아동병원이 야동병원으로 바뀌
고 만약에가 마약에로 읽히는 밤이 찾아오는 것이다 스치
는 가로수들 초미니스커트 아래 미끈한 다리 오들오들 떨
고 서 있는 밤 간혹 가랑이를 쩍 벌린 묘한 자세로 서 있
는 밤 검은 고양이가 두 눈 번쩍거리며 꼬릴 천천히 올리
는 밤 까치살모사 대가리 치켜세워 기어오르듯 술기운 오
르는 밤 맹독이 순식간 퍼지는 밤 그래도 좋은 밤 한 번만
한 번만이라도 좋아 별들 온통 떨어져 눈앞이 번쩍 양 볼
얼얼해 전봇대 잡고 왈칵 쏟아져도 좋은 밤

말일

각별한 이를 어제 만났다 기뻤지만 십 분도 안 되어 각별은 책임지지 않아도 되는 가벼움이라는 걸 알았다 각별과 가벼움 사이에 구수한 커피 향이 흐르고 탈락된 ㄱ과 ㄹ은 커피에 쉽게 녹아 어색하게 식어갔다 누구에게나 용인되는 적당한 핑계, 시간을 각자 확인하고 서로 비껴가는 시선 가방에 쓸어 담으며 헤어졌다

병문안을 다녀왔다 오랜만에 본 병자는 병실의 낡고 흰 벽을 닮아 있었다 가족끼리는 비슷하게 생각하고 비슷하게 아프므로 통점을 이해하지만 고통스럽지는 않았다 가족끼리는 비슷하게 살고 비슷하게 바쁘므로 서로를 담담히 바라보다 흰 봉투에 적당한 안부를 담아 전하고 서둘러 돌아왔다

애기동백 꽃송이째 떨어지고, 그에 취둥그레진 동박새 쓰옷

우린 울음은 쓰옷 쓰옷 동박새를 쫓지 못해 안달이어서 쏘

제4부

ㅣ 단번에 가고 그렇게 잘 벼씀 또 지나서 광막렌즈급 눈에 댄 이기 닦그라기 러는, 싱싱이뻐름 듣고 나를 누르다 생형의 반대로

꽃이는 정원 죽어가는 노두의 충쩰된 눈지런 함미꽃이 제슴스레 피고 홍가시나무 아래 꽃댕강이 뜬규없이 울어

만첩홍도

첩첩첩, 호박죽을 달게 먹는 혀
왕성한 식욕으로 붉은 피가 척 도는
입에 착착 붙는 혀

내 말이 그 말이라 홍도야 우지 마라 오빠가 이이있다아
육사 오빠 동주 오빠 이이상한 이상 오빠, 오빠들의 만
겹의 혀 만개한 혀

첩첩첩 비가 쏟아지고 첩첩첩 어둠 속에서 첩첩첩 비를
밟으며
여전히 오며 여지없이 온다 호박 같은, 잘 익은 호박 같
은 그 새벽

꼭두서니 혀
구석구석 핥고 쓰다듬고 덥힌다
둥글고 모나고 뾰족한 모두를 전부 핥아준다

닳고 베인 혀끝에 붉음붉음 번지는
저 극단의 피 맛

살랑, 봄

두둥 두두둥 젖은 북을 치면, 신이 난 물방울들 튀어 오
르듯
우산들이 떠오른다

양손을 머리 위에 펼쳐 들고 뛰는 사람과 버스를 기다
리는 사람들
한 가슴이 가방 쪽으로 구부려 우산을 펼치는데

샤갈의 연인과 마그리트의 골콩드가 띄엄하게 걸린 그
사이에 걸면 딱 좋은

늦은 버스가 온다

조금 슬프거나 약간 들뜨거나 더러 걱정스러운 얼굴로
버스가 오는 방향을 본다

내내 기다리다가 이따금 구경하다가 조금은 유쾌해져
버스가 오는 반대편 쪽으로 남방씨알붐나비 더듬이 같

은 생각이 자라나고

비를 맞는다

털이 부슬 난 손가락 하나가 슬쩍 등을 밀어내듯

변동림

백지로 돌아가는 게 두렵지 않아?

덴 자국도 치를 떠는 수치도 없이 하얗게 말라 있는
이대로 끝이라면

밤을 건넌다
13층 아파트 밖으로 내리쏟아지는 빗줄기처럼 아찔하
고 즐거운 건
맨 끝에 있어, 알지 내 알아
갈 때까지 가야
끝까지 가야
악, 터지는 비명

처음 작두를 타는 어린 무녀가 도망치지 않고 벌벌 떨
며 끝내 칼춤을 추었네 신아버지 박수무당 손뼉을 쳤네

어두운 우주로 떠나는 기차표 한 장 사려고, 배고픈 나

는 안 그런 척하는 나를 수도 없이 팔았어

　어린 무녀는 큰 무녀가 되어
　무릎을 꿇고 앉은 내게
　판에 쌀알을 흩뿌리듯 죽은 이들의 이를 펼쳐놓았다
　먼 행성에서 떨어진 이물스런 암석처럼 이상하게 환기
된 기록들
　저릿저릿 절로 춤을 춘다

시든 꽃

얼떨결에 피고 지고 또 피고 진다

솔직히 슬픈 건 나와 아주 다름에 읽던 책을 놓아버릴 때

용의주도 주도면밀하지 못하여서 완벽한 그들에게 박수 대신 꺾은 내 절망의 모가지를

얼굴이 떨어져야 할 텐데 낯이 없어야 할 텐데 면목이 없어서 향기가 없어서 변명이라도 해야 될 텐데 이게 아닌데 이 얼굴이 아니었는데

불어라 바람아 쉐킷세킷
써어허니 흔들어버려

한때라고 말할 줄이야 스치는 인연마다 설렌 게 한때였다고 애써 웃을 줄이야

얼결에 피듯 얼결에 주름 들어 얼떨떨 시든 줄도 서러

운 줄도 모르는

다 같은 의미가 될 줄이야

너의 이름

산티아고 산타마리아 마리아 라이너 릴케 프랑시스 잠
그레고리 잠자 그레타 가르보 가브리엘 가르시아 마르케
스 카프카 소포클레스 오이디푸스 프로이트 체코슬로바
키아 체 게바라 바라……

이, 이름이 뭐더라

포인세티아*
꽃집 주인이 말했다

* 꽃말 : 나의 마음은 불타고 있습니다.

초설*에게

  기별을 하였지 아이가 열두 해를 잘 넘겨 볼이 봉숭아*
처럼 홍기가 오르니 이름을 얻어야겠다고 기러기가 남
천*으로 날아간 지 달포나 되었을까 새벽녘 측간으로 걸
음을 옮기는데 발끝이 시렸어 서리가 허옇게 내렸었으니
까 가슴이 철렁 내려앉았네 초설, 자네가 온 줄 알았구면

  문간 아래 흰 봉투가 놓여 있었지 구기자*를 따라 복
령* 넘어 맥문동*에 거처를 정했단 말은 들었네 아마 양
귀비* 입술이 붉어질 때쯤이었지 여하튼 낯익은 서체에
가슴이 뛰고 목이 메었네 아이는 자네를 꼭 닮았구면 가
녀리지만 더운 바람을 품고 있지 은은한 향내가 천남성*
까지 이른다네

  천냥금* 만냥금*인들 다시 살 수 있겠나 그때 그 밤

  그리하겠네 부용*이라 하겠네

  * 꽃 이름

슬리퍼 같은

차이콥스키는 무거워 베토벤은 어둡고 그래서 모차르
트가 가벼운 일요일 비가 오네 이럴 땐 삼선슬리퍼 발가
락이 쑤욱 빠지는 큼지막한 슬리퍼

발가락엔 피멍이 있었어
나는 피멍을,
존경하네 사랑하네
격하게 내통한 뜨거움
고통을 끼얹어 푸른 무늬를 놓은
그 헐거운 웃음을

아, 여보세요, 오선지보다 삼선지는 어떨까요 빗방울로
악보를 찍는 것도 괜찮은 방법 아닙니까

쇼팽의 긴 손가락이 희고 검은 건반을 두드릴 때마다
빗방울 튀어 올라 살짝 미끄러지는 일요일

음력 8월

짙은 숲과 푸른 강을 섞으면 이런 감정이 들까
애기 주먹만 한 아픔이 돋는다

쓸개 같은 구멍 숭숭 난 허파 같은
맨 살갗 아래로 파고드는 바람

갈 사람들 다 가고
고봉으로 담긴 밥과 탕국과 노르스름한 부침개가 남았다

말 한마디, 주름진 손, 웃을 때 도드라지는 송곳니, 미
안하다, 아니요 보고 싶어요

잘못은 왜 뒤늦게 오는가

쓸개처럼 허파처럼 서러워 막 울고 싶다
지나가는 아무나 끌어안고 잘못했어요 빌고 싶다

울지도 빌지도 못하는 이 마음을 두고 빙빙 도는데

쇠북 같은 게슴한 달이 뜨네

먼지들

구석이 편한 줄 모를 때가 좋아

암만 굴러도

아무리 개체 수를 늘려도

아, 종속과목강문계

이리저리 굴러다니다 그래도 똘똘 뭉친 게 집구석

비읍보다 피읖이 편해

프롤레타리아 플롯 플라이 프리스타일

내일은 방구석에서 책만 읽을래

프로메테우스 플루토늄 프로타민 피브로인

유기적이라는 말 혐오해서 단백질적으로 사는 거야?

실패작은 읽을 때 작가가 소비한 칼로리를 계산하게 돼

일류와 아류가 이음동의어

쐐기와 말뚝 중 어떤 걸 선호하나

말뚝을 박고 싶은 당신 프롤레타리아

쐐기를 선호하는 당신 프티 부르주아

나와 같은 종속들 여전히 굴러다니다 뒤풀이 구석에 한

데 뭉치니

위안이 되는 저녁

절박하지도 각별하지도 않은,

그저 그날이다

소설

마지막 골목이라며 나는 모퉁이를 돌았고 따라오던 넌
긴 그림자를 창에 걸쳐놓고 가버렸다

다시 모퉁이를 돌아 순댓국집, 허연 식판을 빙그르 도
는 찬 소주를 따 마시고 이제 돌아보지 않기로 했다

그 마지막도 오래된 일

컴컴한 골목에서 조심조심 걸어가던 길이 끝나고
불던 휘파람도 끝나고

불쑥 하수구 맨홀 바닥 같은 후회와 미련이 목젖까지
차올라 씻어내자고 독주를 붓고 붓는다

가진 것 모두 걸었더라면 마지막 수치까지 걸었더라면
우리는 달라졌을까

단 한 번만이라도 낮과 밤과 영혼까지 전부 걸자고

한번 걸어보자고

모퉁이를 지나면 선술집, 선술집 불빛은 아프고 누군가
는 홀로 술잔을 기울인다

반성과 공상이 따르는 가벼운 슬픔

실눈을 뜨고 오후 햇살이 뛰어노는 연못을 보다
가시뿐인 제 몸을 보는 가시연

바닥에서 비린내가 훅 끼치고
어떤 생각이 가느다란 뱀처럼 잽싸게 다리를 훑고 지나
간다

잠자리 하나 소금쟁이 다섯 그리고 풀벌레 울음
적막한 구름을 따라가다 몸을 놓치고

눈이 없어 빛을 볼 수 없어 좁은 연못에 들어앉아 뭘 하
나 뭘 하면 되나 하다 제 속을 판다 들여다보고 만져본다
바닥에 떨어져 있는 미끌미끌한 죄를 집어 낱낱이 세어
본다 세다가 빠트리면 다시 세고 또 빠트리면 또 세고

그렇게 한 덩어리 진흙이 되어가는 동안
우묵히 기다리는 동안

부드러운 바람이 불어온다

딱딱하게 굳은 생각에서 눈을 꺼내준다

한바탕 소나기에 묻어 있던 진흙을 닦고 다시 실눈을
뜬다

그럼 또 뭘 하나

손을 꼭 쥐면

에티오피아 커피가 주르르 흐른다
그 커피에 아침 해를 찍어 먹는다

공복은 공갈과 어딘지 닮았다

비가 오고 저녁 일곱 시는 다가오고
외로워야 할 텐데 애간장에 주삿바늘 찔러 넣듯 아파야
하는데
그저 그렇네
눈이 붉어지도록 술을 퍼마시고 혼자 울어야 하는데
그것도 그렇네

살이 내리고 피가 타도록 이 세계가 궁금해야지
잠이 오다니
궁극을 알지 못해 어두워지는 허공을 뚫어지게 쳐다본다

비겁과 비굴과 비열, 수많은 비슷비슷들

창틈으로 스미는 빗소리가 지금을 적느라 집중하고
나는 먼 아침 속으로 이제라고 적어 넣는다

십장생

쾌지나 칭칭 나네

산도의 주름 속에 깨알 같은 내가 박혀 있다

어야디야 어허야

가로등 하나둘 켜지고
버스 정류소 빈 벤치에 등 굽은 노을이 앉았는데

보일락 말락 흰 달의 허벅지

어긔야 어강됴리 아으 다롱디리

천년이고 만년이고 살겠네
내 가고 너 가고 우리 다 가도

위 증즐가 태평성대
위 증즐가 태평성대

어둠을 살피는 마음의 지평

이병국

그냥 웃고 말까

정온 시인의 이번 시집을 관통하는 일관된 정조는 어둠이다. 캄캄한 밤, 어디선가 낯설고도 낯익은 소리가 들려온다. 가만히 귀 기울이다 보면 불안에 잠식당한 자신을 외부의 내가 바라보는 듯한 기분이 들기도 한다. 설화에서나 들어봤음 직한 이야기가 눈앞에 펼쳐지기도 하고 폭력적 현실이 가감 없이 쏟아져 내리는 것만 같기도 하다. 이를 단순히 환청, 환각, 환시 등으로 재단할 수 없는 것은 로즈메리 잭슨이 『환상성 : 전복의 문학』에서 이야기한 것처럼 환상적인 것은 기표와 기의 간의 분리이자 현존을 부재로 대체함으로써 비의미화의 영역, 즉 죽음을 끌어들여 그것을 극복하려는 움직임과 관계있기 때문이다. 이때의 죽음은 존재의 상실이라기보다는 존재의 불완전성으로 말미암아 욕망을 상실하게 된 어떤 상태로 보는 것이 옳을 것이다. 물론 그것만으로도 존재는 자신을 상실한 것 같은 기분에 휩싸일 수 있다. 그리고 이는 정온 시인의 시에서 처럼 주체의 불안을 야기하는 내적 풍경의 양태로 재현되기도 하며 존재를 둘러싼 세계와의 불화를 극화된 형식으로 표상되 기도 한다.

이러한 표상 방식으로서의 환상성은 단순히 그로테스크한 이미지로 상상된 세계나 무의식적 충동으로서의 알레고리와 는 다르다. '오블리비아테'. 대상의 기억을 수정하거나 지우는 방식으로 발화되어 현실과 밀접하게 관계 맺으며 부조리하고 폭력적인 상황을 고발하는 한편, 트라우마적인 상황을 극복하 고자 하는 절박함의 은유라 할 수 있다. 정온 시인의 시를 읽고 감각하게 되는 불안의 심층에는 "우리의 슬픔을 헤집어, 내 기 어이 칼을 꺼내"온 시적 주체가 '놈'으로 표상된 공포와 마주하 여 "기억을 난도질"한 이후의 불확정성이 도사린다. 그렇다고 "그냥 웃고 말까"라고 하며 외면하거나 회피할 수는 없다('오블 리비아테'). 불확실하고 가변적인 이후의 시간성은 비록 불안할 지언정 폭력적인 세계로부터 '나'를 구원하여 존재의 상실 및 주체의 죽음을 극복하고자 하는 의지로 충만할 테니 말이다.

알다시피 시인은 시를 통해 삶의 심연을 언어로 전유해 드러 낸다. 그것은 죽음을 인식하는 동시에 삶의 생래적 에너지를 발산하고자 하는 욕망이 교차하는 지점에서 감각된다. 여기 에 주체를 타자화하려는 세계의 억압이 맞물려 금지와 위반의 반복과 농담과 유희의 몽상 등의 정서적 음영을 새긴다. 그러나 삶의 심연에 새겨진 그림자를 마주한다는 것은 그리 유쾌한 일이 될 수 없다. 이는 마치 "핏물 다 빠진 심장처럼 굳어가는 허공"을 어루만지며 "음울한 노래를 부"르는 것과 같기 때문이다("이명"). 자신을 구체화할 인식의 베일을 벗겨낼 수 없는 상태로 세계의 바깥에서부터 거부된 어떤 결여만을 맴돌게 될지도 모른다는 불안을 겹겹이 쌓아놓는 것만 같다. 그럼에도 불구하고 외면할 수 없는 이유는 분명하다. 그것이 지금의 '나'를 증명하는 일이며 죽음으로부터 삶을 구원하고 '나'를 지속해나갈 수 있도록 이끌기 때문이다. 정온 시인의 시가 재현하는 저 감각의 이면에는 주체를 둘러싼 폭력적 현실과 그러한 세계가 조형하고자 하는 부조리를 온몸으로 거부하는 존재의 안간힘이 각인되어 있다.

무서운 이야기를 해줄게

말을 건네듯 적의 없는 나의 빈 손바닥을 밤에게 보여주었다

잠을 설치고, 퀴퀴하게 치미는 어둠 달라붙는 어둠을 환한 전등 빛으로 쓸어내려도 어둠의 거스러미가 자꾸 일어난다

침대 아래 검은 가지 하나 쑤욱 삐져나와 커다란 나무가 되고 늘어져 흔들거리는 가지마다 검은 귀들 수없이 매달려

말해봐 무섭다고 말해봐

다시 불을 켜면, 파드득 놀란 어둠은 침대 밑으로 숨어들고
난 바닥에 떨어진 검은 귀 몇 잎을 주워 노트 사이에 끼워놓
는다

설핏 잠들었는데 툭툭 창을 두드리는 빗방울들

문 좀 열어주세요

창문을 조금 열어 소나기를 듣는다 떠돌이에게 곁은 내어주
는 개처럼 방은 벽오동 이파리만 한 품을 내어주며 돌아눕고

어디서 귀뚜리가 운다

눈을 감고 귀뚤귀뚤 따라간다 이 벽 너머 어두운 들판을 지
나면 노란 단풍잎만 한 별이 떠 있고 나처럼 홀로 누운 이가 잠
을 뒤척이므로 바닥에 떨어진 빛들이 조금 마르고 조금 오그라
드는 소리에

귀뚜리 울어 그 울음에 잠이 든다
　　　　　　　　　　　　　　　　—「오동잎 한 잎 두 잎」 전문

길게 인용한 시 「오동잎 한 잎 두 잎」에는 이번 시집을 통어
하는 심연의 음영과 이를 극복의 기제로 삼아 삶을 지속하려
는 의지가 분명하게 새겨 있다. 화자는 '방'에게 "적의 없는 나
의 빈 손바닥을" 보여준다. 공격에의 의지가 없음을 보여주

는 이 행위를 '방'에게 한다는 것은 어떤 의미일까. 방은 휴식의 공간이자 존재를 끌어안는 장소이다. 이 믿음은 방이란 공간이 그 목적에 부합하여 주체의 의지를 배반하지 않는다는 데에서 비롯된다. 그러나 화자는 방에서 편히 잠들지 못한다. "퀴퀴하게 치미는 어둠"이 자꾸만 달라붙기 때문인데, "환한 전등 빛으로 쓸어내려도 어둠의 거스러미가 자꾸 일어난다". 어둠은 무의식적 욕망이라 짐작할 수 있겠으나 그것의 실체는 가시화되어 있지 않다. 그런 이유로 어둠은 빛을 비춘다고 해서 사라질 대상이 아니다. 오히려 "검은 가지 하나 쑤욱 삐져나와 커다란 나무가 되"어 '나'를 잠식하듯 위협한다. 게다가 "흔들거리는 가지마다 검은 귀들 수없이 매달려" '나'에게 "무섭다고 말해"보라며 두려움을 유발하기까지 한다. 이때의 '검은 귀'는 무엇일까. 무섭다는 말을 듣고자 하는 귀는 일견 어둠에게 귀속되어 있는 것처럼 보이지만, 그보다는 화자의 심리적 정황을 현시하는 데 기여한다고 보는 것이 옳다. 소리와 관련한 일련의 시편(「잠귀」, 「가는귀」, 「소리들」 등)을 경유해보면 알 수 있다. 인용한 시에서 검은 귀는 나에게 무섭다는 말을 듣길 원하지만, 그 소리가 발화되었을 때 그것을 '듣는' 실제 귀는 화자의 귀가 될 것이다. 지각 주체인 '나'는 이미 "가만히 눈을 감고 있으면/귀 익은 얼굴로 찾아와 서로 묻는 안부들"(「잠귀」)을 듣는 존재이다. 안부를 묻는 소리의 실체는 존재하지 않는다. 정황을 어림짐작해보면, 소리의 실체는 "죽은 할머니죽은고모죽은아버지죽은엄마죽은동생죽은 봉선이 언니"(「소리들」)와 같이 실재하지 않는 존재를 감각하는 '나'로부터 비롯된 것인지도 모른다. "보고 싶은 것만 보고 듣고 싶은 것만 듣는 게 이리 좋은가"(「가는귀」)라는 구절을 전유하면 소리를 야기하는 존재는 부재하는 무언가가 아니라 그것을 감각하(려 하)는 '나'라고 할 수도 있을 것이다. 그러니 "무섭다고 말해봐"는 '나'의 심연이 '나'에게 하는 요청인 셈이다.

그렇다면 어째서 '나'는 '나'에게 그 말을 요청하는 것일까. 이때의 '무섭다'는 구체적 대상으로부터 야기되는 실체적 위협이 아니기에 공포가 될 수 없다. 오히려 감각하거나 가시화될 수 없는 부정적 정동의 발현인 불안이 합당할 것이다. 다시 말해, '나'는 '나'에게 불안을 발설하게 함으로써 무서움에서 벗어날 수 있는 계기를 찾고자 하는 것이 아닐까. "눈에 든 어둠을 어떤 이는 구멍이라고 하고 다른 이는 겨울이라고 했"(「가는귀」)다. 어둠이 불러오는 바는 "생활의 반대편"(「소리들」)에 고인, 채울 수 없는 결핍과 결실을 상실한 겨울인 셈이다. "나는 내 먹먹한 구멍 속으로 걸어 들어가 길을 잃었다"(「가는귀」)고 하는 구절이 상기하는 것과 같이 불안에 잠식된 '나'의 절박함이 자꾸만 눈에 밟힌다. 그런 이유로 창밖의 빗방울이 "문 좀 열어주세요"라고 하는 것 역시 '나'의 내면이 투사된 발화이며 "사 실 은 듣 고 싶 은 말 이 있 어"(「고장 난 피아노」)라고 끊어 말할 수밖에 없는 존재의 간절한 요청이 된다. '나'는 "떠돌이에게 곁을 내어주는 개처럼" "창문을 조금 열어 소나기를 듣는다". 실재하지 않는 존재를 감각하고 그들의 목소리를 들으려 하는 '나'는 불안과 마주하여 불안을 극복하는 데로 나아간다. "이 벽 너머 어두운 들판을 지나면 노란 단풍잎만 한 별이 떠 있"다는 것, "나처럼 홀로 누운 이가 잠을 뒤척"이고 있다는 것을 상상함으로써 어둠에 매몰되고 불안에 잠식되지 않으려는 '나'는 "시공을 건넌 소리의 낯을 불러 눈을 붙여주고 퍼들한 귀를 달아"(「잠귀」)줌으로써 불안을 야기한 형식을 포용하며 '나'와의 불화를 넘어설 수 있게 된다.

> 네가 왼손으로 커피를 마실 때 나는 오른손으로 마시며
> 내가 오른쪽을 선호하므로 너는 왼쪽을 선호하는구나
>
> 창에 갇힌 너와 비에 갇힌 내가 포개어져
> 흔적을 나누는 동안 계속 비는 쏟아지고
>
> 나는 비가 오면 아버지가 생각난다고 털어놓는다
> 눈 밑이 붉어진 너는 아직도 아버지가 밉다며 고개를 돌린다
>
> 사위는 어둠이라는 천에 덮이어
> 있지만 없는 것과 같고 없지만 있게 되는 것을
> 이제 알 것 같다
>
> ─「중첩」 부분

이상의 시 「거울」을 떠올리게 하는 이 시는 창을 사이에 두고 '나'와 '너'가 중첩되어 말을 섞는 형식을 취한다. 너와 '나'의

분리를 통해 드러내고자 하는 바는 무엇일까. 인용하진 않았으나 너를 우울하게 하고 '나'로 하여금 밖을 볼 수 없게 하는 행위 주체는 아마도 아버지인 듯하다. "수목장"이라는 시어를 통해 알 수 있듯 아버지는 현존하지 않는다. 그러나 "기억의 모가지를 싹둑 자르고 다른 기억을 심을 수는 없는"(「손톱을 먹고 자라는 꽃에 대한 이야기」) 것처럼 아버지에 관한 기억은 죽음을 넘어서 '나'에게 남아 있으며 "창에 갇힌" 또는 "비에 갇힌" 존재로 '나'를 내몬다. 부재한 아버지가 미친 실재의 기억이 시적 주체의 정서적 맥락을 상기시키는 방식은 분열적 자기 인식이지만, '나'는 너를 재귀적으로 표현함으로써 '나'와 중첩하여 균열을 봉합하고자 한다. 「오동잎 한 잎 두 잎」에서처럼 존재의 불안을 넘어서고자 하는 시적 주체의 능동적 행위는 분리된 자신과 "흔적을 나누"는 정황을 전유하여 '나'를 다른 상태로 이행할 수 있도록 이끈다. 이는 불안을 회피하거나 삭제하려는 데에서 기인하는 것이 아니라 불안을 직시하고 양생(養生)하는 데에서 비롯된다. 정온 시인의 시편들이 좌절과 고통으로 점철된 무서운 이야기로만 머물지 않는 이유가 여기에 있다.

가지 끝에 각혈 같은

어둠은 어둠으로서 가치를 지닌다. 그것은 빛을 이기려 들지 않는다. 오히려 빛이 어둠을 내몰고 자신을 드러내고자 한다. 빛을 부정적 가치로 폄훼할 생각은 없다. 새벽빛은 '새날'의 가

능성으로 충만하며 '평화'를 깃들게 한다. 그러나 바로 그러한 낙관에의 지향 때문에라도 앞에서 살펴본 정온의 시편들이 그러하듯이 어둠에 잠겨 자신을 돌볼 필요가 있는 것이다.

빛이 지향을 좇는다면, 어둠은 지향과 현실의 불일치로 말미암는 정체(停滯)인지도 모른다. 그로 인해 존재는 어둠 속에서 무기력이나 자조로 전락할 위험이 다분하다. 스스로를 '먼지'로 치부하거나 '종이인형'의 수동성 속에 자신을 방치할 수 있다. 그러므로 "나와 같은 종속들 여전히 굴러다니다 뒤풀이 구석에 한데 뭉치니/위안이 되는 저녁/절박하지도 각별하지도 않은,/그저 그날"(「먼지들」), "배후가 없는 내 이름을 불러"(「종이인형」)주기를 요청하며 어둠을 성찰의 계기로 삼아 이를 자신의 언어로 기술함으로써 내면에 숨겨져 있는 자기 세계를 꺼내야 한다. 빛이 되지 않고도 어둠을 끌어안음으로써 어둠에 저항하는 방식이야말로 정온 시인이 시를 통해 현시하는 '나'의 본질이다.

　　산다는 건 스물네 토막 나를 적출하는 것 시시각각 출력되
　는 명세서와 영수증이 그 증거, 열정과 욕망보다 포르말린이
　나 붕산 또는 나프탈렌이 적합하다 살아 있는 것처럼 생동감
　있어야 전문가, 어제와 똑같이 전시되어 받는 얼마의 보상으
　로 내일이라는 맹목을 세우고 여전히 죽기를 거부하는 그러니
　까 오늘,

　　　　　　　　　　　　　　　　　　　—「내가 죽어 누워 있을 때」 부분

발가락엔 피멍이 있었어
나는 피멍을,
존경하네 사랑하네
격하게 내통하는 뜨거움
고통을 끼얹어 푸른 무늬를 놓은
그 헐거운 웃음을

—「슬리퍼 같은」 부분

끝에 다다라야 얻는 환한 깨달음이라니
어차피 어둠이라니

—「난간」 부분

　살아간다는 건 "스물네 토막"으로 분절된 시간이 요구하는
대로 '나'를 파편화하여 응대하는 것인지도 모른다. 마찬가지
로 "어제와 똑같"은 오늘을 충실하고 성실하게 보낸다는 건 "내
일이라는 맹목"에 '나'를 지워나가는 일인지도 모른다. '나'의
존재를 증거하는 건 "시시각각 출력되는 명세서와 영수증"이
다. 그러나 이는 흔적일 뿐이다. "열정과 욕망"의 흔적이 아니
라 "포르말린이나 붕산 또는 나프탈렌"으로 위장된 "생동감"일
따름이다. 발가락에 든 "피멍"처럼 "격하게 내통한 뜨거움"과
는 사뭇 다르지만, 사실 "피멍"도 "고통을 끼얹어 푸른 무늬를
놓은", 그저 "헐거운 웃음"일 뿐임을 우리는 안다. 빛나는 존재
가 되어야 한다는 당위는 '나'의 욕망이라기보다는 세계가 주
체를 타자화하는 방식이다. 이에 저항하는 방식은 빛을 지향

하는 데 있는 것이 아니라 어둠을 향유하는 데 있다. '군계일
학'의 칼이 아니더라도 괜찮다. 그저 '각다귀'의 비애에 귀를
기울이고 전설 속 새의 그림자 안에 깃드는 것, 즉 내밀한 어둠
의 안쪽을 사유함으로써 "골수 안에서야 맡을 수 있는 냄새"(「이
냄새의 기원」)를 감각하는 것이야말로 "순박한 감정의 발목을 잡"
고 "복종을 종용"(「전망 좋은 곳」)하는 세계에 저항하는 수행이라
할 수 있다.

　한병철이 『고통 없는 사회』에서 이야기한 것처럼 고통은 현
실을 깨닫게 하는 효과가 있다. 오늘날 세계는 고통을 은폐하
여 현실에 대해 무감각하기를 요구한다. 허울뿐인 "빨간 동화
를 사기 위해 늘 바쁘고 늘 말을 끊고" 잠도 자지 못하게 끊임
없이 "악착같이 일"(「이상한 나라에 온」)하도록 우리를 착취한다.
'피로사회'에서 '성과주체'가 되어야 한다는 세계의 폭력은 도
처에서 자행되며 '나'를 보호할 장소를 찾지 못하게 한다. 절망
적 상황을 회피하지도 돌파하지도 못하는 주체는 "계단을 밟
고 서서 이것이 끝이라고 믿"으며 "북받치는 자신을 눌러 한 음
절 다시 한 음절 오르"(「난간」)는 일을 반복하며 삶의 고통을 기
만하다 결국 다리 난간 앞에 선다. 저 강바닥에 비춘 어둠 속
으로 자신을 내모는 일만이 분열된 존재로서 고통받는 주체
로 오롯하게 자리매김할 수 있는 것인지도 모른다. 그러나 앞
에서 이야기한 것과 같이 시인은 '나'를 어둠과 죽음의 부정성
에 버려두지 않는다. 난간 앞에 선 이에게 비록 미물인 벌레일
지라도 같이 울어주는 존재를 둠으로써 '나'로 하여금 절망에

좌절하지 않도록 만든다. "끝에 다다라야 얻는 환한 깨달음"이 "어차피 어둠"이라 하더라도 이때의 어둠은 이전의 어둠과는 다른, 고통의 과정을 거쳐 온 끝에서 깨닫는 어둠이며 단독자로서 고립된 존재가 아닌, 타자와 함께 감정을 나누고 정동의 변화를 이끌 수 있다는 깨달음의 결과로 마주하게 되는 어둠이다.

　그러나 "세계는 핵무기를 쏘니 마니 아프리카엔 매일 수백 명이 굶어 죽네 마네/히잡을 제대로 쓰지 않았다고 도덕경찰은 젊은 처녀를 죽이고/분노한 시민들 시위에 나서서 수백 명이 더 죽"(「시들시들」)는 게 여전한 현실이다. 그런 상황에서도 시는 쓰여지고 또 읽힌다. 비록 "내 절망의 모가지를"(「시든 꽃」) 붙잡고 쓴 "공동묘지에 버려질 조화 한 묶음"(「시들시들」)과 같은 시일지라도 그것이 절망과 죽음의 곁에 함께 놓일 수만 있다면, 그럼으로써 절망과 죽음을 생각할 수 있게 한다면 그것으로도 충분할 것이다. 비록 "아무 일도 일어나지 않"(「시들시들」)고 "얼결에 피듯 얼결에 주름 들어 얼떨떨 시든 줄도 서러운 줄도 모르는//다 같은 의미가 될"(「시든 꽃」) 것이라 해도 말이다. 오히려 그런 이유로 시는 더 간절한 붉은 색으로 발화되는 것이 아닐까. "닳고 베인 혀끝에 붉음붉음 번지는/저 극단의 피 맛"(「만첩홍도」)이 도는 '만첩홍도'의 붉음이나 "포인세티아"(「너의 이름」)의 붉음이 "격하게 내통하는 뜨거움"을 가시화한 '피멍'처럼 보이는 이유도 그와 같을 것이다.

한 줌의 반짝이는 차가움

정온 시인의 이번 시집의 주된 정조를 어둠이라 보았다. 그 어둠 속에는 뜨겁게 빛을 발하는 붉음의 정념이 깃들어 있다. 일견 자조적이기도 하고, 자학적인 측면도 없지 않지만 어설프게 환한 빛으로 꾸민 자기 위안으로서의 기만을 수행하는 것보다 불완전한 그래서 불안한 존재의 심층을 드러내는 데 효과적이었다고 할 수 있겠다. 통합된 개인으로서의 주체는 존재하지 않는다. 우리는 늘 불합리하고 부조리한 상황에 내몰리며 그에 대해 어떻게 대응해야 할지 몰라 불안에 휩싸이는 분열증적 주체일 따름이다. "불쑥 하수구 맨홀 바닥 같은 후회와 미련이 목젖까지 차올라 씻어내자고 독주를 붓고 붓"지만 "가진 것 모두 걸"어본 적 없이 다짐만을 반복하는 무력한 주체(「소설」). 정온 시인은 어쩌면 자신을 자각하는 일이야말로 우리가 경험할 수 있는 가장 무서운 이야기라고 하는 듯하다. 그러나 여기에 머무를 수는 없는 노릇이다.

> 에티오피아 커피가 주르르 흐른다
> 그 커피에 아침 해를 찍어 먹는다
>
> 공복은 공갈과 어딘지 닮았다
>
> 비가 오고 저녁 일곱 시는 다가오고
> 외로워야 할 텐데 애간장에 주삿바늘 찔러 넣듯 아파야 하

는데
　그저 그렇네
　눈이 붉어지도록 술을 퍼마시고 혼자 울어야 하는데
　그것도 그렇네

　살이 내리고 피가 타도록 이 세계가 궁금해야지
　잠이 오다니
　궁극을 알지 못해 어두워지는 허공을 뚫어지게 쳐다본다

　비겁과 비굴과 비열, 수많은 비슷비슷들

　창틈으로 스미는 빗소리가 지금을 적느라 집중하고
　나는 먼 아침 속으로 이제라고 적어 넣는다
　　　　　　　　　　　　　　　—「손을 꼭 쥐면」 전문

　어둠 속에서 "뭘 하나 뭘 하면 되나 하다 제 속을 판다 들여다보고 만져본"(「반성과 공상이 따르는 가벼운 슬픔」) '나'는 어둠처럼 검은 "커피에 아침 해를 찍어 먹는다". 세계와 불화하는 주체는 분열된 주체로 존재할 수밖에 없지만, 덕분에 자신의 내적 풍경을 지각할 수 있게 된다. 그럼으로써 어둠을 통해 자신의 실체와 마주하고 그 곁에 앉는다. "공복은 공갈과" 닮았다. 허기는 결핍에서 비롯되지만, 이는 어찌 보면 공포를 느끼도록 윽박지르고 을러대는 공갈에 불과한지도 모른다. 그럼에도 외면할 수 없는 것이 허기이자 결핍이며 텅 빈 마음이라서 "외로워야 할 텐데", "혼자 울어야 하는데" 생각하지만 그런 것들은 충족될 수 없는 것들이어서 "그저 그렇네"라고 읊조릴 따름이다. 시인의 존재 이유가 결핍된 존재의 곁에서 그들을 타자로 내모는 세계를 궁금해하며 그 실체를 폭로하고 비판하는 데 있는 것이겠지만 "궁극을 알지 못해 어두워지는 허공을 뚫어지게 쳐다"보는 데 머무른다고 해서 잘못은 아닐 것이다. 이를 "비겁과 비굴과 비열, 수많은 비슷비슷들"이라고 자조할 이유는 없다. "어두워지는 허공"에 기대 어둠 속에서 "딱딱하게 굳은 생각에서 눈을 꺼내"거나 "한바탕 소나기에 묻어 있던 진흙을 닦"(「반성과 공상이 따르는 가벼운 슬픔」)아 "저만치 새날"(「환절기에 듣는 동화」)이 있음을 알고 존재를 다독이는 마음을 지니면 된다.

"창틈으로 스미는 빗소리가 지금을 적느라 집중"(「손을 꼭 쥐면」)하듯 어둠에 묻힌 존재의 소리에 귀를 기울여 듣고 적는 일은 '나'를 구원하고 주체의 죽음을 극복하고자 하는 의지로 이어질 것이다. 그것은 어둠의 심층을 살피는 행위이자 존재의 심연을 위로하는 수행이다. 정온 시인이 재현하는 감각의 층위에는 이러한 마음의 지평이 짙게 펼쳐져 있다. 그 마음의 지평 위에서 '이제' 우리가 시인의 심연을 적어 내려갈 차례이다.

李秉國 | 시인, 문학평론가